Twelfth Night

元宵

陳鈞潤
翻譯劇本
選集

by William Shakespeare

角色表

賀省廬（賀）	嶺南節度使上柱國越國公
石芭亭（石）	石蕙蘭孿生兄長
況東洋（況）	海船舟師，石芭亭之友
船家	石蕙蘭之友
將佐甲／ 將佐乙（將佐）	賀省廬部屬
鮑菀鼇（鮑）	萼綠華表親，原籍玄菟郡
尉遲岸汐（尉）	紈綺子弟，原籍杭州，有錢但浪費，受刺激會跳起
茅福祿（茅）	萼家總管
吉慶（吉）	詼諧伶人，萼家僕
萼綠華（萼）	女員外，廣州高門望族
石蕙蘭（蕙）	化名石沙鷗，石芭亭胞妹
晚霞	萼家青衣
月下老人（月老）	掌婚姻神祇
其他	幕僚員佐、舟子、樂師、婢僕等

時代　唐朝

地點　廣州

第一場

幕啟　廣州岸邊——嶺南道治所，海船集中地

石蕙蘭、船家、眾舟子上。

吉慶	（唱）	想我當日細蚊兒，
眾	（唱）	唏噓風猛吹，又每天落雨。
		細個做傻事，就當他做戲。
		不必唏噓，
		每日每朝天天降下
		沙啦啦啦的雨水。
		當我長大變靚仔，
		唏噓風猛吹，又每天落雨。
		親戚盡迴避，避我好比避鬼。
		不必唏噓，
		每日每朝天天降下
		沙啦啦啦的雨水。
石蕙蘭		請問船家，此處屬何州何府？
船家		喱度係廣州呀小姐。
石蕙蘭		唉！
		我到廣州何所事？
		胞兄已在廣寒宮！
		若邀天幸，佢可能未曾淹死。各位船家意下如何？
船家		都係邀天之幸，你方才幸而獲救。
石蕙蘭		但願我苦命哥哥亦幸而如此。

船家	真㗎，姑娘；講起邀天之幸，請你放心，我哋怒海沉船之後，你同其他獲救者攀住小舟之時，我眼見令兄，急中生智、臨危不亂……（數四字成語已屆江郎才盡）自縛於桅杆，漂浮海上，有如騎鯨之客！我見倒佢咁耐，一直隨波逐流，未曾沒頂。
石蕙蘭	得你哋一言相慰，更勝萬金。 妹得逃生兄有望， 君言足證願非虛。 你哋熟悉喱一帶嗎？
船家	好熟㗎，姑娘，我土生土長嘅鄉下，離喱度都唔到三個時辰路程。
石蕙蘭	此地歸何人管治呢？
船家	係一位人品名望一般高尚嘅國公爺。
石蕙蘭	佢姓甚名誰呀？
船家	賀省廬呀。
石蕙蘭	賀省廬！先父曾經提過此人，當時似乎尚未置家。
船家	而家都未，起碼一個月前未，當時我喺喱處出海，剛剛傳聞 —— 你知啦；上有好事，下必談論 —— 傳聞話佢向葶綠華小姐求親喎。
石蕙蘭	佢係誰家小姐呢？
船家	名門淑女囉，葶老爺約莫一年前仙遊咗，留低個女由長兄照顧，佢長兄不久又歸埋天，聽講話佢為咗悼念亡兄之愛，發誓不見男人面喎。

用燈光「跳接」賀府，賀省廬獨自吟哦。

賀省廬　　「萼綠華來無定所，
　　　　　杜蘭香去未移時。」
　　　　　心如麋鹿情如犬，
　　　　　獵犬噬心卿未知！

跳回蕙。

石蕙蘭　　但願我能夠侍候嗰位小姐，就可以隱瞞身份，直至時機成熟，
　　　　　方才披露我身世。

船家　　　好難辦得到，事關佢一概人等都閉門不納，連國公爺都係。

跳至賀。

賀省廬　　只為亡兄棠棣愛，
　　　　　如斯情債竟甘償。
　　　　　柔情他日盈胸臆，
　　　　　五內同尊愛一王。

跳回蕙。

石蕙蘭　　有勞大駕 —— 我有酬勞，高價 —— 請你保守我身份嘅秘密，並且
　　　　　照我意思，助我偽裝。趁住新春將至，我要投靠喱位國公，自
　　　　　薦為近侍幕僚。
　　　　　其他一切，付諸時日。
　　　　　自有妙計，請君保密。

船家　　　你做近侍，我扮啞仔。
　　　　　如有多嘴，保佑我有眼睇。

眾下。

第二場

萼府中。

鮑菀聱及晚霞上。

晚霞　　鮑員外。

鮑菀聱　我老表佢作死麼？死大佬之嘛，年尾流流，傷心成噉？所謂
　　　　「憂能傷人」吖嗎。

晚霞　　「鮑肚皮」員外，講真吖，你晚上要早啲回府至得喇，你表侄
　　　　女、我哋小姐好唔鍾意你咁冇時冇候㗎。

鮑菀聱　冇冇冇，叫佢「自侮而後侮之」啦。

晚霞　　不過你都要管束吓自己㗎。

鮑菀聱　管束？我條褲管束得好好吖。喱套飲衫嚟㗎，出得廳堂㗎。邊
　　　　個話唔得，叫佢搵褲頭帶自己上吊啦。

晚霞　　係噉飲呀，你遲早完咋。我聽倒小姐昨日吟過你喱樣嘢，仲吟
　　　　你嗰晚好帶個戇姑爺返嚟向佢求親㗎。

鮑菀聱　邊個話？尉遲岸汐公子？

晚霞　　係佢囉！

鮑菀聱　佢有成三千石一年嘅嘫！

晚霞　　係，弊在咁多石先至夠佢使一年啫，又呆又敗家。

鮑菀聱　佢識講三四種話㗎，唔睇書都個個字噏得出，佢仲有好多樣天
　　　　份嘅。

晚霞	佢最叻嗌交；如果唔係天生冇膽，戥返勻佢鋪嗌交癮呀，人人都話佢一早歸「天」有「份」咯。
鮑菟鞏	斬咗我個頭都噉話：所有嘅樣話佢嘅都係啲小人嚟嘅，係邊個吖？
晚霞	佢哋仲話呀：佢晚晚同你一齊飲到醉醺醺㗎。
鮑菟鞏	杯杯都係敬我表侄女嚟咋，只要我一日有喉、廣州有酒，我都會繼續為佢勝嘅！嗱，丫頭，日頭唔好講人，一講尉遲恭，尉遲岸汐就到嘞。

尉遲岸汐上。

尉遲岸汐	鮑員外，有禮，鮑員外。
鮑菟鞏	尉遲公子有禮。
尉遲岸汐	俏丫頭萬福。
晚霞	你福啲，公子。
鮑菟鞏	應之，公子，應之。
尉遲岸汐	咩嚟㗎？
鮑菟鞏	我老表個青衣呀。
尉遲岸汐	應之小姐，小生有幸「識驚」（音gang）。
晚霞	我叫晚霞呀，公子。
尉遲岸汐	哦，應之晚霞小姐。
鮑菟鞏	公子，你搞錯喇。「應之」即是面對之、招呼之、追求之、辯駁之。
尉遲岸汐	老實講，我無心在此招惹佢，乜「應之」係噉解嘅咩？
晚霞	告辭喇，兩位。

晚霞下。

鮑菟聱　公子呀，你梗係飲少咗一盞醇醪咯！有幾可見你咁失威㗎？

尉遲岸汐　我估未見過喎，馴馬就有，驢我就未馴服過。有時我真係覺得
　　　　　自己蠢過啲凡夫同……啲……俗仔呀。我食得驢仔肉多，好似
　　　　　話有損智慧喎。

鮑菟聱　肯定係咯。

尉遲岸汐　早知就戒食佢啦。鮑員外，聽日我上馬返歸咯。

鮑菟聱　何解呀？

尉遲岸汐　「何解」係點解㗎？解定唔解啫？若果我將練劍、跳舞同鬥雞
　　　　　嘅時候用嚟學多幾種話就好啦。唉，早應該棄舞——（用動作表
　　　　　現跳舞）——習文嘅！

鮑菟聱　噉你啲文法就有紋有路咯。

尉遲岸汐　吓，可以「紋」頭「髮」嘅咩？即係紋眉嘅呀？

鮑菟聱　得之至啦，為因你腦筍都未生埋。

尉遲岸汐　我襯曲髮啊可？好似啲波斯人嘅囉。

鮑菟聱　襯！十足未紡之絲；最好有個紡織娘搵大髀夾住你個頭幫你啲
　　　　　「絲通」吓嚟。

尉遲岸汐　講真吖，菟聱兄，我聽日返歸咯，你老表又唔肯見我；就算見，
　　　　　都十居其九唔吼我嘅咯。國公爺夠死追佢啦。

鮑菟聱　佢唔吼國公嘛，佢唔肯高攀：不論高門、高齡抑或高官；我聽
　　　　　住佢指天誓日嘅。喂，仲有希望㗎兄弟。

尉遲岸汐　噉我留多一個月啦。我個人好古怪㗎，最鍾意……聲（音腥）色
　　　　　……狗馬嘅。

鮑菟聱　你跳「柳腰舞」跳得好嗎，公子？

尉遲岸汐　我啲「打倒吞」步喺廣州城「屈一手指」㗎。

鮑菟鼙　　你何以深藏不露呢？喱個世界「天生你才必要露」吖嘛！我一睇你嗰雙咁優質嘅腿呢，就知你梗係「舞曲星」托世嘅。

尉遲岸汐　係呀，好實淨㗎，着返對紅襪仔仲靚女。我哋去玩返吓囉！

鮑菟鼙　　唔係有乜好做嘈？跳兩下俾我睇吖。哈，高啲噃；哈哈！好！

二人下。

第三場

海濱。

況東洋與石芭亭上。

況東洋　　羅兄，何不再作逗留？

石芭亭　　況兄，恕我一定要告辭，好等我能夠有禍獨當。承蒙錯愛，不敢以惡運牽累兄台。

況東洋　　公子有何打算，可否相告呢？

石芭亭　　不必嘅，我只係無方浪蕩啫。東洋兄，實不相瞞，小弟其實並非姓羅，請恕我先前以假名相欺，小弟本姓石，賤號芭亭，先父係潮州石灞川，想兄也曾聽聞，慈父見背，遺下我與小妹，乃係同一時辰出世嘅。天可憐見，情願亦同時畢命！然而命中註定，兄台救我於怒海之時，我妹已遭波臣召去。

況東洋　　真係不幸。

石芭亭　　我妹賦性溫柔，雖然與我容貌相似。仍得人稱貌美。兄台，我妹已葬身於無情流水，然而我尚長流酸淚，再注音容。

況東洋　　如蒙不棄，我願效犬馬之勞。

石芭亭　　我性近娘親，些微小事，亦難禁傾訴於淚眼，我此行將去投靠賀省廬節度，後會有期。

石下。

況東洋　　但願你一路上百靈呵護。賀省廬帳下，我有眾多敵人，否則我定必追隨左右。

況下。

第四場

賀府。

蕙男裝上，賀隨後上。

石蕙蘭　　主公。

賀省廬　　石沙鷗何在？

石蕙蘭　　主公，僕人在此候命。

賀省廬　　石沙鷗，你無所不知：本藩已將心中秘密，向你宣示。小哥
　　　　　兒，你馬上移步玉人之府；不容擋駕，駐足門前，告訴伊人：
　　　　　你即使立地生根，誓必要得伊人接見。

石蕙蘭　　不過，主公，若然傳聞屬實，佢隱居深閨守喪，定然不肯納我進
　　　　　見。

賀省廬　　寧可違禮衝門，
　　　　　勝於無功而退。

石蕙蘭　　假若得見小姐，請問主公，我又如何進言呢？

賀省廬　　向佢盡傾本藩愛忱；以我忠貞情操，打動其心；你定能傳達本
　　　　　藩相思之苦，佢定必寧願聽你青春口齒，勝於老生常談。

石蕙蘭　　僕人不敢苟同呀主公。

賀省廬　　小哥兒，信我；事關稱你為壯男，你又未逮壯室之秋，尚屬年
　　　　　少無憂。西子櫻唇，亦未及你唇若塗朱。你嬌細鶯喉，儼如處
　　　　　子：尖銳清亮。處處都有如女子之份，正合為本藩辦此差使。
　　　　　此事若能成就，本藩願以家財相贈，令你得享逍遙。

石蕙蘭　　　僕人自當盡力玉成好事！
　　　　　　（自語）着我為媒終是幻，
　　　　　　　　此身自願作君妻。

二人下。

第 五 場

荸府。

晚霞與吉慶上。

晚霞　　嘩,你一係話我知你去邊度嚟,否則我三緘其口,唔幫你求情;
　　　　小姐揾你你唔响度,佢實殺咗你啫。小姐嚟嘞,你最好揾定個好
　　　　好嘅藉口。

晚霞下,荸綠華與茅福祿上。

吉慶　　腦筋呀,你好心嘅,就幫我好好地扮傻!嗰啲自以為有腦嘅人,
　　　　往往就係傻瓜,而我明知自己冇腦,反為可以充精仔。子呆子
　　　　曰:「寧為聰明笨伯,勝過愚笨精人。」上天保佑你呀小姐。

荸綠華　人嚟,趕傻瓜出去。

吉慶　　聽倒嗎兄弟?趕小姐出去。

荸綠華　亂講,你個悶死人嘅傻瓜!我唔想再見倒你。

吉慶　　好小姐,請你准許我證明你係傻人啦。

荸綠華　你做得到咩?

吉慶　　易如反掌啦小姐。

荸綠華　你證明一下。

吉慶　　小姐必須回答策問,小娃娃,請答話。

荸綠華　好啦,傻先生,既然左右無事,且聽你嚟辯證一番。

吉慶　　小姐,你何事悲哀呢?

萼綠華	好傻瓜，係為我哥哥之死囉。
吉慶	我猜度佢魂在十八層地獄呀小姐。
萼綠華	我知道佢魂在天界位列仙班呀傻人。
吉慶	小姐既知令兄位列仙班，而尚為佢悲哀，豈不是天大傻人？將喱個傻人帶走啦。
萼綠華	茅總管，你認為喱個傻瓜點呢？是否已有長進呢？
茅福祿	有，仲會不斷長進，至死方休，老病雖然會令智者衰朽，但係亦可以令蠢人蠢得格外出色。
吉慶	噉我就求上天賜總管你快老快病，等你格外蠢得出色囉，鮑員外佢肯擔保我並非狡猾之徒，但係實唔肯落兩文錢注，賭你唔係傻人嘞。
萼綠華	噉你又如何對答呢？
茅福祿	小人真係唔明，小姐竟會樂於聽喱個無聊奴才嘅謬論。日前我眼見佢拗輸咗俾一個呆如木石嘅跳樑小丑。你睇：佢已經毫無招架之力，除非你報以一笑，否則佢就無話可說。小人認為，所謂聰明人，如果可以俾喱種黔驢之技引到笑嘅，就只算得係傻瓜丑角嘅應聲蟲而已！
萼綠華	茅福祿呀，你太過孤芳自賞，以至反對人生一切樂事。其實君子坦蕩蕩，理應不拘小節，萬箭臨身，視如飄絮，一笑置之。此等詼諧伶人，雖然出言挖苦，並無惡意。正如正直之士，出言諫諍，亦非傷人。
吉慶	願小姐得東方朔傳授風言之技，因為你替傻仔講好話。

晚霞上。

晚霞	小姐，有位少年郎君登門求見。
萼綠華	是否賀節度派嚟嘅呢？

晚霞	奴婢不知，小姐呀，係個俊俏郎君，儀表不凡㗎。
萼綠華	正由誰人接待呀？
晚霞	係令表叔鮑員外呀小姐。
萼綠華	快去使開佢，佢實口出狂言嘅，失禮煞人！

晚霞下。

| 萼綠華 | 茅總管，你去啦。如果係節度大人差嚟求親嘅，就話我有病，或者出咗門；隨你點講，總之打發佢走啦。(茅下)你睇吓，傻先生，你嘅詼諧舊調，遭人鄙棄喇。 |
| 吉慶 | 主母，你為我輩咁仗義執言，好似你有位大公子都係傻仔噉；但願上天賜佢頭顱裝滿腦筋，事關 —— 呢，嚟嘞 —— 你喱位貴親認真頂上空虛呀。 |

鮑上。

萼綠華	哎吔，又半醉咯。叔父，門前來者何人？
鮑菟鼕	係個斯文人呀。
萼綠華	斯文人？何等樣人呀？
鮑菟鼕	之唔係斯文人囉 —— 至憎喱挺死板鹹魚！點呀，傻仔？
吉慶	鮑員外有禮。
萼綠華	叔父呀叔父，你何以白晝昏沉呀？
鮑菟鼕	白晝宣淫？我冇白晝宣淫吖。門口就有個人。
萼綠華	係囉，佢係何等樣人呀？
鮑菟鼕	理佢係人係鬼，與我何干？我有靈符護身，百無禁忌！係冇？都係一樣啫。

鮑下。

萼綠華　傻先生呀，一個醉漢又似誰人呀？

吉慶　　似浸死嘅人、傻人、癲人。飲多咗一杯，就變傻，兩杯就變癲，三杯就實浸死咯。

萼綠華　嗷你去請定仵作嚟抬我表叔啦，事關佢三杯已過，已經浸死咗。去照應佢啦。

吉慶　　小姐，佢先至剛剛癲咗啫，待我傻子去照應瘋子啦。

吉下，茅上。

茅福祿　小姐，門外少年硬要小姐接見喎。

萼綠華　話佢知我不肯相見。

茅福祿　話咗㗎喇；佢話佢會長立你門前，猶如衙門旗杆嘅，佢仲話就算雙腳站到變成橙腳，都要見倒你為止喎。

萼綠華　佢是何等樣人呢？

茅福祿　係個男人囉。

萼綠華　舉止如何呢？

茅福祿　舉止甚劣囉。不論你肯與不肯，總之要見你。

萼綠華　佢相貌年齡又如何呢？

茅福祿　佢介乎潮汐漲退之間嘅，孩提已過，成年又未到，好眉好貌，言語就尖酸，睇嚟似乎乳臭未乾嗉。

萼綠華　傳佢進見。

茅福祿　傳佢進見。

萼綠華　叫我個青衣拿扇子嚟。

茅福祿　青衣拿扇子來。

茅下，晚霞上。

萼綠華　　賀公來使，再聽一遍。

蕙上。

石蕙蘭　　請問哪一位是本府女員外呢？

萼綠華　　有話請講，我代她回答。有何見教？

石蕙蘭　　好一位風華絕代嘅美人 ── 敢煩相告：這一位是否就係府上嘅
　　　　　小姐呢？事關在下未嘗一覷芳容，更不願浪擲在下辭令，事關
　　　　　不獨嘔心瀝血寫成，更千辛萬苦背熟。兩位佳人，萬勿見笑，
　　　　　在下面皮最薄，不堪輕侮。

萼綠華　　郎君從何而來？

石蕙蘭　　在下但能背誦台詞，別無言語。姑娘所問正屬台詞以外。
　　　　　小姐，請你明言是否本府小姐，在下好能陳述說辭。

萼綠華　　你係詼諧伶人？

石蕙蘭　　非也，小姐既然冷嘲，在下以此冷箭為誓：在下並非所扮演之
　　　　　人。敢問小姐是否本府女主？

萼綠華　　如假包換。你若癡狂，請便。若有道理，請快講。我無心理會
　　　　　瘋言瘋語。

晚霞　　　郎君就此扯起風帆哩？由喱便去啦。

石蕙蘭　　且慢，俏艇妹，在下尚要在此停泊一時。

萼綠華　　閣下是誰？所為何事？

石蕙蘭　　在下身份差使，皆深藏如閨女；入君耳，是綸音；入人耳，
　　　　　成褻瀆。

萼綠華　　暫時迴避，待我獨聽綸音。

晚霞下。

尊綠華　先生，你嘅經文呢？

石蕙蘭　好一位風華絕代嘅美人——

尊綠華　媚（音未）人嘅經義，好話說盡。請問經文出處？

石蕙蘭　出自賀省廬心中。

尊綠華　佢心中？心中第幾回呢？

石蕙蘭　依法回答，係佢心中第一章。

尊綠華　哦，我讀過嘞，係旁門左道。你言盡於此係嗎？請……

石蕙蘭　好姑娘，容在下一見芳容。

尊綠華　你家主人可曾差你同我容顏交涉？你現時離經叛道喇。不過，
　　　　亦不妨拉開幔幕，展示喱幅畫圖。郎君請看：真容在此，筆法
　　　　如何？（放下扇子）

石蕙蘭　此畫只應天上有！

尊綠華　係丹青染就㗎先生，經得起風霜嘅。

石蕙蘭　果然美色天成，其中紅白，鬼斧神工。小姐，若攜此國色天姿，
　　　　長埋黃土，不許世間留下臨摹副本，就真係太忍心咯！

尊綠華　哦，先生，我並非鐵石心腸，自當將美色開列清單，分條列舉，
　　　　一件一件，載於遺言：例如，計開：珠唇兩片，嫣紅；又，烏眸
　　　　成雙，配有眼簾；又，一頤，一項，等等。你受命㗎將我估價嘅
　　　　係嗎？

石蕙蘭　在下一見便知：小姐品性太驕，偏偏人雖無情貌亦嬌。我主公
　　　　傾慕之情，與小姐蓋世無雙之美，同屬天下第一。

尊綠華　佢如何相愛呢？

石蕙蘭　情如海、淚如泉、呻吟如雷、嘆息如火！

尊綠華　你家主人早知我心意，未能相愛，雖知佢德高望重、系出名門、年少有為、學富五車、英明神武；而且天生儀表非凡、器宇軒昂。可惜我仍未能以愛相酬，亦且早已表明心跡。

石蕙蘭　我若如主公一般愛你，此生受盡痛苦煎熬，亦定然會對小姐嘅拒絕之言，置若罔聞。

尊綠華　何以如此，假若是你又如何？

石蕙蘭　定當在你門前結廬，造府訪我心上人；將苦戀寫成詩句，高聲唱誦，直至夜深人靜；呼喚芳名，直至山鳴谷應，教那風聲絮語，傳喚「尊綠華」之名！你若仍不見憐，定要你在天地之間，永無一刻安寧！

尊綠華　果然不凡，請問你家世如何？

石蕙蘭　高於我現時身份，在下是名門子弟。

尊綠華　請你回覆賀帥；我未能相愛；請佢莫再差人打擾；除非，或者郎君你再來相告佢對我嘅答覆意下如何。請回啦，有勞大駕，再來多次也無妨，嘩，酬謝你。

石蕙蘭　在下並非受酬使者，請姑娘留回自用。未得酬報者，是我主公，而非在下。但願月老有靈，令你他日所愛之人，亦係心如鐵石，使你一往深情，與我主公一樣，遭人輕賤！忍心佳人，在下告退。

蕙下。

尊綠華　「你家世如何？」、「高於現時身份，是名門子弟。」敢信郎君果然如此，見君談吐、容貌、行藏舉止神采，正是五項明證。且休急躁，慢來慢來，除非他是主非僕。何以霎時染上相思症？但覺少年郎君俊美風華，不知不覺，偷偷入眼。唉，緣份註定。嗨，茅福祿！

茅上。

茅福祿　　小姐有何差遣？

萼綠華　　快快追上國公差來嗰個無禮使者；佢不管人家是否接受，硬將
　　　　　此指環留下。你對佢話我唔接受，請佢休以美言媚主，誤存奢
　　　　　望。我與佢無緣，假若嗰位少年郎明日路過此地，我會將其中
　　　　　原委相告，茅福祿，立刻趕去。

茅福祿　　係，小姐。

茅下。

萼綠華　　心欲何為我未知，
　　　　　但教莫為俊顏癡，
　　　　　良緣自古由天定，
　　　　　天命遵行且莫辭。

萼下。

第六場

萼府附近街上。

蕙與茅先後上。

茅福祿　喂，你是否方才見萼小姐嗰位呀？

石蕙蘭　正是呀大叔。在下緩步而行，所以未曾去遠。

茅福祿　小兄弟，小姐還你指環呀。你自己拎走，就唔使我辛苦喱一趟啦。佢仲話呀請你叫你主人死咗條心，小姐對佢無心。仲有一件事，你唔使咁落力替佢奔走嘞，除非係嚟回報你主人如何接受此事。係嗽話啦。

石蕙蘭　姑娘指環，並非吾物，恕難接受。

茅福祿　喂，老兄，係你監人要嘅，佢咪要監你收返囉。如果值得你折腰嘅，嘩，就在你眼前。否則就任人拾取啦。

茅下。

石蕙蘭　我並無留下指環吖，小姐是何用意呢？天教佢莫為我外表入迷！佢對我仔細端詳。似乎瞠目結舌，不知所云。佢定然對我有意，情急智生，故此差無禮下人嚟相約。還我指環？根本都冇送過。佢對象係我，若然如是，可憐小姐你倒不如愛上一場春夢！騙人偽裝，認真罪過，若由惡人利用，為禍不淺！後事如何呢？主公傾心於她，而我喱個可憐小鬼頭，同樣對主公春心大動；嗰位小姐又竟然對我錯繫情絲。到底不知如何了結呢？我若是身為男子，就勢難贏得主公愛意；若為女子，唉！可憐萼綠華佢勢必肝腸寸斷！

唉！
情絲似亂麻，
時日方能解。
心有千千結，
難償情愛債！

蕙下。

第七場

莩府內堂。

鮑與尉上。

鮑菟鼙　　嚟啦岸汐兄，今晚年三十晚，過咗子時未上床，咪即係起得早；正所謂「起得早，精神好」，你曉嘅啦。

尉遲岸汐　　老實講，我唔曉噃，我淨係曉得：瞓得遲，即係瞓得遲。

鮑菟鼙　　嗰諗係錯嘅，我至憎嘅，好似憎樽中酒已空一樣。啈，過咗子時仲未瞓，到嗰陣至上床，算係早；所以過咗子時至上床，即係早眠早起。我哋命中之唔係有金木水火土五行咩？

尉遲岸汐　　聽講係啩；不過我認為人生不外乎食同飲啫。

鮑菟鼙　　果然係飽學之士！嗰我哋就大飲大食囉。晚霞呀喂，拿酒來！

吉上。

尉遲岸汐　　傻仔嚟咗嚕。

吉慶　　　　點呀兩位星君？你未見過我哋喱幅「福祿壽」三星嘅年畫咩？

鮑菟鼙　　阿壽頭，歡迎歡迎。俾五文錢你，唱支歌嚟聽吓。

尉遲岸汐　　我又俾一份。如果一個公子俾一 ——

吉慶　　　　唱情歌吖，定唱尋樂歌呢？

尉遲岸汐　　沉咗落去有乜好吖，情歌！

鮑菟鼙　　係呀係呀，情歌，情歌！

尉遲岸汐　唱隻開頭係：收聲啦！

吉慶　　　要我收聲，噉咪開唔倒頭囉。

尉遲岸汐　妙，妙呀！嚟啦，唱啦。

吉慶　　　（唱）　收聲啦！
　　　　　　　　　就唱支收聲啦，
　　　　　　　　　盡興今宵喧嘩一樂也。
　　　　　　　　　收聲啦！
　　　　　　　　　食夠先收聲啦！
　　　　　　　　　又碰杯嘻嘻哈哈飲醉就化，
　　　　　　　　　跳舞高歌玩吓啦！
　　　　　　　　　糊塗混鬧我稱霸。

晚霞上。

晚霞　　　哎吔，你哋响度貓兒叫春噉做乜鬼嘅？

眾　　　　喵喵喵……

晚霞　　　若果我哋小姐唔叫茅總管趕晒你哋出門口呢，我就跟你姓。

鮑苑聲　　小姐係江湖佬，我哋係賣藥佬，茅福祿係跳舞馬騮，我哋「三星拱照齊賀歲」！依家我唔係九族咩？唔係同佢一家人咩？呪呢啤呢啦阿姑。「紅梅白雪賀新春，阿姑阿姑」。

吉慶　　　睇唔出嘛，員外佢唱得兩嘴嘛。

尉遲岸汐　係呀，佢興到就好好戲㗎，我都係喏，不過佢文場戲叻啲，我就「武」戲。

鮑苑聲　　「爆竹一聲除舊歲」。

晚霞　　　好心啦，收聲啦！

眾	（唱）收聲啦！咪講話！
	樣樣事睇化。
	見得多都化，一於飲醉喇！
	一於飲醉喇！一於飲醉喇！
	收聲啦！咪講話！
	樣樣事睇化。
	錯得多都怕！一於飲醉喇！
	一於飲醉喇！
	收聲啦！咪講話！
	樣樣事睇化。
	嘆返杯好喇！一於飲醉喇！

茅上。

茅福祿	各位老爺呀，你哋癲咗咩？唔通你哋完全冇晒頭腦、禮法同埋規矩，半夜三更好似補鑊佬乒鈴嘭呤咁嘈？你哋當我家小姐嘅府第係酒館呀，俾你哋擘盡喉嚨唱啲市井之徒嘅下流歌？你哋一啲都唔諗吓喱度係乜嘢地方、住嘅係乜嘢人、而家係乜嘢時候？
鮑菀鞏	叔台，我哋唱歌啱晒時候略，你請趄啦！
茅福祿	鮑老爺，恕我直言。我家小姐叫我話你知：佢雖然睇在親戚上頭留你響處住，但係絕不容許你胡作胡為喫。你若果自知檢點，就歡迎留低，若果你做唔到，你情願向佢告辭，佢實樂於送你走喫。
鮑菀鞏	「送君千里陽關路」。
晚霞	咪啦，鮑員外。
吉慶	「西出陽關無故人」。
茅福祿	係都要唱？
鮑菀鞏	「我未了此生」。
吉慶	「員外你騙人」。

茅福祿	喱句最真。
鮑菟礜	「不如棒佢走」。
吉慶	「係又點落手？」
鮑菟礜	「一於冇情留」。
吉慶	「否、否、否，膽量又唔夠！」
鮑菟礜	唱錯調呀老哥？你講大話，你大大咪係個家丁？你以為皆因你自己道德清高，就不准世人飲酒作樂哩咩？
吉慶	係囉，佛祖在上，聞見狗肉香，佛都要跳牆啦！
鮑菟礜	講得啱！走啦老爺，搵條銀絲卷擦靚你抽總管嘅鎖匙吧啦。晚霞，拿酒來！
茅福祿	晚霞姑娘，你若果尊重小姐意思嘅，就唔好助長佢哋喱種放浪嘅行為。我指天為誓，一定會稟告小姐。

茅下。

吉唱曲，下。

晚霞	走啦冇耳狗！
尉遲岸汐	有樣嘢好似肚餓有酒飲一樣咁爽嘅；就係下戰書約佢比武，然後到時爽約，等佢傻佬噉喺度等。
鮑菟礜	做吓公子，我幫你寫戰書；一唔係我口頭傳達你嘅義憤。
晚霞	員外爺呀，今晚大年夜忍吓先啦。自從今日國公爺派個後生仔嚟，見過小姐之後，姑娘佢一直心煩意亂。至於茅總管呢，包在我身上，若果我唔呃到佢陀陀擰，成為眾人笑柄嘅話，保佑我上咗床唔落得地，我實玩死佢喋。
鮑菟礜	講嚟聽吓，佢個人點喋？講啲我哋知吓？
晚霞	好啦老爺，佢係個講乜嘢清心寡欲、克己自持嗰類道家定居士囉。

尉遲岸汐　哈，如果我早知道呀，打狗噉打佢呀！

鮑菀聱　吓，因為佢係道家呀？阿公子，你有乜嘢微妙嘅理由要打佢呢？

尉遲岸汐　微——廟嘅理由就冇，總之佢五行欠打啦。

晚霞　佢鬼係道家咩，其實係看風駛哩，裝腔作勢嘅蠢豬，背熟兩句
官腔，就長篇大論噉教訓人，佢自以為是，當自己吼到天下
無雙，人見人愛。我就對正佢哩種弱點去進行報復。

鮑菀聱　計將安出？

晚霞　我喺佢面前留低一封含糊嘅情書，暗示晒佢雙腿嘅樣子、行路嘅
姿勢、眉頭眼額嘅表情呀噉，佢實以為係講佢嘅。我字跡同你
表侄女非常相似，有時連我哋都分唔出㗎。

鮑菀聱　妙極，喜聞妙計。

尉遲岸汐　我個鼻都「聞」倒呀。噉即係點？

鮑菀聱　佢執倒你嘅留書，就會當係佢寫嘅，以為佢暗戀佢。

晚霞　正是此意！

尉遲岸汐　你隻意馬……哎……心猿，就將佢耍馬騮！

晚霞　冇錯嘞馬騮。

尉遲岸汐　呀，好玩呀！

晚霞　保證一流好戲，我對佢症下哩一大劑藥，保證見效。我俾你
兩個，加埋傻仔三星，伏定喺佢執信嗰度。睇住佢點解封信。
今晚早啲先啦，發定個報仇好夢啦，聽朝同你哋拜年。

晚霞下。

鮑菀聱　安息啦，花木蘭。

尉遲岸汐　我敢包佢係個好女子。

鮑菟鞏　　係隻純種胭脂馬，仲好鍾意我㗎，你認為點呢？

尉遲岸汐　我以前都有人鍾意過㗎。

鮑菟鞏　　安寢啦公子，你要叫屋企再送啲銀兩嚟至得喇。

尉遲岸汐　如果我娶唔倒你表侄女，就血本無歸咯。

鮑菟鞏　　攞錢先啦公子，如果你終歸得唔倒佢，你就叫我做太監啦。

尉遲岸汐　我唔叫就好衰嘅，話知你啦。

鮑菟鞏　　嚟啦，我去暖返壺酒吧啦，年初一都到咯，而家去瞓都嫌晏咯。
　　　　　嚟啦公子。

二人下。

第八場

廣州某街。

石與況上。

石芭亭　　我本意不願勞煩你，但係東洋兄既以煩為樂，我就恭敬不如從命。

況東洋　　我不能相捨，此志銳比鋼刀，驅使我追隨你。不只為求相見，更因為擔心你人生路不熟，既無朋友，又無人引路，恐防異地遇險。

石芭亭　　承蒙東洋兄關懷，我惟有再三言謝。今日徒託空言，未能酬兄台大德，待他日我資財有如此心穩定，定當厚報，現下如何？是否趁此新春，瀏覽本州名勝呢？

況東洋　　石兄，且待明朝。現下先尋住處。

石芭亭　　夜正長來，我神未倦。請你引領我一飽眼福，細賞名城古蹟。

況東洋　　恕難從命，我未敢冒險上街。事關本府節度，曾經率領水師，與安南海戰，而當時我係為安南效力，立下戰功。假如在此地被捕，定然罪大難逃。

石芭亭　　是否殺傷佢甚多手下呢？

況東洋　　我罪不在殺人，雖然當時形勢，果真一場血戰迫在眉睫。後來安南將奪得財物璧還，以求通商，就此化干戈為玉帛。當時惟我不服，故此若遭人認出，定然無倖。

石芭亭　　既然如此，兄台且莫露面。

況東洋　　絕對不宜。石兄，請收下錢囊。本城南郊悦來客棧，正合留宿。我先去定好膳宿，石兄大可入城見識見識，消磨時光，再來客店相會。

石芭亭　　　為何以錢囊相贈呢？

況東洋　　　石兄或許睇中某些玩意，有意購買，你現時身上，怕未有餘錢
　　　　　　開市呀石兄。

石芭亭　　　好，就替況兄保管錢囊，暫別一個時辰。

況東洋　　　去悅來客棧呀。

石芭亭　　　小弟記得。

二人下。

第九場

賀府。

吉慶　　（唱）倩倩我友，願莫浪遊。
　　　　　　　悠悠吾心，子可知否？
　　　　　　　為爾高歌，盼可廝守。
　　　　　　　長路有盡，愛心不休。
　　　　　　　緣在相遇，且相近兮
　　　　　　　挽君袖。
　　　　　　　願遂我愛，夢寐以求。
　　　　　　　情為如今，毋問今後。
　　　　　　　盡興今宵，對舉春酒。
　　　　　　　時日快逝，瞬息深秋。
　　　　　　　珍惜青春，春宵易殘
　　　　　　　聽更漏。

賀與蕙上。

賀省盧　　若然樂曲正是情愛食糧，且奏莫停；進我以過量，於是乎飽漲，
　　　　　食慾厭膩，以至消逝！
　　　　　此調又重彈，有一種嬝嬝餘音漸細。
　　　　　唉！在我身邊，猶如薰風，
　　　　　輕拂蘭圃，呵氣如蘭，
　　　　　暗香偷送！
　　　　　夠喇，莫再奏！（音樂停）
　　　　　已無復清越如舊。
　　　　　呀！情愛心魔，猶如狼虎：窮兇極餓；

你：雖能容物，汪涵海量，一入爾疆；
無論如何尊貴高超，霎時間，驟貶身價，一文不值。
相思既是最富諸色形相，
故此獨是最為變幻無常。
小子過來。你他日初嘗情味甘苦，自當記取本藩，事關天下有情
人盡皆如我；其他七情六慾，喜惡無常。惟獨心愛人兒，倩影永
誌五中，此曲如何？

石蕙蘭　　五內既為情關鎖，
　　　　　此歌蕩氣更迴腸。

賀省盧　　絕妙好辭！本藩深信你雖然年少，亦也曾注目於心愛花顏，
　　　　　係嗎小子？

石蕙蘭　　主公面上……略有注目。

賀省盧　　是何等女子呢？

石蕙蘭　　略似主公。

賀省盧　　若然如此，配不上你。年齡又若何呢？

石蕙蘭　　與主公年齡相仿。

賀省盧　　嘩，太老囉。
　　　　　石沙鷗，你再走一次，造訪狠心伊人，訴說本藩之情，天下至
　　　　　高無上。萬頃良田，本藩視如糞土；你說與她，天命所賜伊人
　　　　　尊榮財富，我視如天命無常，惟獨其天生麗質，有如無雙連城
　　　　　璧，教本藩不勝神往。

石蕙蘭　　假若佢不能相愛又如何呢大人？

賀省盧　　本藩不容如斯回答。

石蕙蘭　　只怕不由你不容呢，比如有一女子，或屬真有其人，癡心愛你，
　　　　　正如你愛萼綠華之深，而你無心相愛，坦言相告，佢豈不是亦須
　　　　　接受你如斯回答？

賀省盧　　世間女子，心胸狹窄，豈能有人似我，容納得如海深情！本藩對
　　　　　萼綠華之愛，豈是女流之輩對我之愛所能比擬呢。

石蕙蘭　　然而我知道——

賀省廬　　你何所知？

石蕙蘭　　小人深知女子之愛男子，事實與我輩男兒，同等真心。先父有一
　　　　　女兒，對一男子一往情深，正如僕人若為女子，亦會對主公同樣
　　　　　多情。

賀省廬　　箇中情節如何？

石蕙蘭　　白紙一張咋主公。佢從未吐露愛意，任由心中私戀，猶如蟲蛀
　　　　　蓓蕾，侵蝕佢杏臉桃腮。相思憔悴，人比黃花瘦，猶如望夫石
　　　　　佇立不移，對苦命而苦笑，此情豈非真摯？我輩男兒多言多誓；
　　　　　然而往往言過其實，大言小志，落得有誓無情薄倖名！

賀省廬　　然則令妹是否終歸為情而死呢，小哥兒？

石蕙蘭　　我父家遺下子女，恐怕盡在我一身，然而仍屬未知之數。
　　　　　大人，在下就此前去謁見小姐。

賀省廬　　呀，言歸正傳。速訪佳人，贈明珠而致意，
　　　　　吾愛難消，未許拒人千里。

二人下。

眾　　　　（唱）倩倩我友，願莫浪遊。
　　　　　　　　悠悠吾心，子可知否？
　　　　　　　　為爾高歌，盼可廝守。
　　　　　　　　長路有盡，愛心不休。
　　　　　　　　緣在相遇，且相近兮
　　　　　　　　挽君袖。
　　　　　　　　願遂我愛，夢寐以求。
　　　　　　　　情為如今，毋問今後。
　　　　　　　　盡興今宵，對舉春酒。
　　　　　　　　時日快逝，瞬息深秋。
　　　　　　　　珍惜青春，春宵易殘
　　　　　　　　聽更漏。

第 十 場

萼家花園中。

鮑、尉、吉上。

鮑菟鼇　　嚟啦傻仔。

吉慶　　　嚟定啦，喱場好戲如果錯過咗喇咁多，我實會傷心而死咯。

鮑菟鼇　　睇吓喱隻孤寒利毒嘅走狗當場出醜，你話爽唔爽呢？

吉慶　　　直程心都涼晒啦老友。你知啦：我嗰次喺喱度鬥雞，俾佢响小姐
　　　　　度講我是非。

鮑菟鼇　　今次我哋將佢當雞嗽激，鬥到佢又青又瘀，好唔好呀岸汐兄？

尉遲岸汐　玩唔成就埋晒咯。

晚霞上。

鮑菟鼇　　隻小妖精嚟嘞，點呀，天竺魔女？

晚霞　　　你哋三個匿埋啦。茅福祿喺花徑行緊嚟喇，佢正話响嗰頭企喺人
　　　　　日嘅日頭下底，對住個影練咗打躬作揖成半個時辰呀。想笑餐飽
　　　　　嘅就睇住佢啦。我知道喱封信實搞到佢變咗個想入非非嘅傻佬
　　　　　嘅。想玩就匿埋啦。（眾匿藏）乖乖地攤响度吓（放信在地），大
　　　　　魚就上釣喇。

晚霞下。

茅上。

茅福祿	都係命，乜都係講命。阿晚霞剛才話過小姐暗戀我；我聽見小姐暗示過，如果嫁人呢，就要搵返個同我咁上下嘅。而且小姐對待我比較其他家人零舍尊重啲嘅，噉即係點呢？
鮑菟鼕	老鼠跌落天秤 —— 自稱自。
吉慶	咪嘈啦！佢真係似足隻山雞嗽，鬆毛鬆翼咯！
尉遲岸汐	呸，真係想打佢一身。
鮑菟鼕	唏，細聲啲。
茅福祿	做咗茅福祿員外呢！
鮑菟鼕	嘿，衰公吖！
尉遲岸汐	捅死佢、捅死佢。
鮑菟鼕	靜啲、靜啲。
茅福祿	有先例吖：史家大小姐之唔係委身下嫁佢個管家？
尉遲岸汐	該死嘅綠巾賊。
吉慶	咪嘈啦，佢飄飄然，諗到得意忘形嗽。
茅福祿	與小姐新婚三個月，我喺正廳端坐 ——
鮑菟鼕	我有個彈弓呢，就射盲佢雙眼！
茅福祿	着住刺繡錦袍，叫晒眾家人埋嚟；我剛剛午睡醒來，留下阿綠華尚在海棠春睡 ——
鮑菟鼕	把幾火！
吉慶	唏！唏！
茅福祿	然後，擺返個貴人款，搵對眼氹氹圈一掃，話佢哋知：我係乜嘢身份，佢哋又係乜嘢身份，再叫我老表阿鮑菟鼕 ——
鮑菟鼕	你去死啦！

吉慶	哎、哎，咪嘈啦。
茅福祿	我七個家奴，躬身出去叫佢，斯時候，我眉頭一皺，或者捽吓粒珠花鈕，又或者玩吓我條 —— 啲玉班指之類。「肚皮」嚟到，遠遠作定揖 ——
鮑菟聾	抵唔抵放生佢？
吉慶	就算駟馬難追，都要一言不出呀。
茅福祿	我就嗽樣伸伸隻手，攝起熟落嘅笑容，莊嚴自制嘅望吓佢 ——
鮑菟聾	然之後老鮑掌你個嘴吖嗎？
茅福祿	我就話：「肚皮」老表，我好命得你表侄女下嫁，令得我有權嘅話 ——
鮑菟聾	乜話、乜話？
茅福祿	「你要戒吓酒喇」。
鮑菟聾	混你個帳！
吉慶	哎，忍吓，咪穿煲呀。
茅福祿	「仲有，你浪費寶貴光陰，陪住個戇公子」——
尉遲岸汐	包保係話我。
茅福祿	「嗰個尉遲岸汐」——
尉遲岸汐	早知係我，好多人都叫我做傻仔嘅。
吉慶	哎。
茅福祿	此為何物？
吉慶	隻呆木雞就入籠喇。
鮑菟聾	收聲！呂洞賓保佑佢開聲讀信。
茅福祿	哎吔，係小姐嘅手筆嘞。佢嘅撇、佢嘅捺、佢嘅戙，仲有佢嘅鈎，唔使問，係佢嘅筆跡。

尉遲岸汐　佢嘅撇、佢嘅捺、佢嘅戙？何解呢？

茅福祿　（讀信）「謹以此信及吾之美意，致無名戀人」，正係佢嘅口吻！
　　　　待我撕開封漆。且慢！仲有佢個昭君封印，係佢打火漆用嘅。
　　　　係我家小姐嘅，俾邊個嘅呢？

吉慶　　佢信到入心入肺咯。

茅福祿　（讀信）「但有天知，
　　　　　　　　我為誰癡，
　　　　　　　　雙唇緊鎖，
　　　　　　　　莫令人知。」
　　　　「莫令人知」，下文呢？轉咗字數噚。「莫令人知」，或者係你
　　　　呢茅福祿？

鮑菟鼇　吊頸啦死狗仔！

茅福祿　（續讀）「情人偏要從吾令，
　　　　　　　　私戀難言似刃鋼，
　　　　　　　　痛剖吾心不見血，
　　　　　　　　茅田口水命中王。」

吉慶　　打油詩謎。

鮑菟鼇　我就話叻女嘅。

茅福祿　「茅田口水命中王」。唔，咪住，睇真先、睇真先、睇真先。

吉慶　　晚霞喱劑幾毒噚！

鮑菟鼇　佢自己椿瘟雞噉撲埋去啫！

茅福祿　「情人偏要從吾令」。係吖，佢可以命令我，我侍候佢，佢係
　　　　我女主人。唏，係人都解得明喱句啦，一啲都唔難。但係收尾
　　　　嗰句：嗰幾個字講乜嘅呢？如果我可以解到佢似我一啲嘅！咪
　　　　住，「茅、田、口、水」。

鮑菟鼇　流口水，估唔倒咯，嗦唔出。

吉慶	隻笨狗聞倒臭狐實會吠嘅。
茅福祿	「茅」——「茅福祿」。「茅」——之唔係我個姓！
吉慶	我都話咗佢實度倒出嚟㗎啦，喱隻獵狗最叻嗅錯除嘅。
茅福祿	「茅」——不過跟住嗰啲就唔對路囉，睇真都唔啱嘅。應該輪到「福」，佢就整個「田」。
吉慶	結果搞到這般「田」地。
鮑菟鼇	「填」落去啦，唔係我一棍扑到你「田」雞嘅叫。
茅福祿	然後「水」收尾。
吉慶	「水」囉，你唔係咁「水」呢，就應該睇得出眼前少福、後患無窮。
茅福祿	「茅、田、口、水」，喱個啞謎有前頭咁易。不過，搣扁佢一啲就合晒我嘞，「福」字有「田」有「口」、「祿」字有「水」。個個字喺晒我個名裡頭。咪住，跟住仲有信肉。

茅福祿　(讀信)「此信若落入君手，則請三思。妄命星註定、位高於君，然勿以尊貴為可懼。有人生而富貴，有人力求而得貴，亦有富貴迫人來。對親戚要分庭抗禮，對奴僕要嚴厲。鼓唇舌大談國家大事，氣概要不凡。為君憔悴者，如斯相勸。記取誰人曾稱讚君之黃襪，惟願君永繫交叉縛腿。千萬記取。誠然，有志者君事竟成。如若不然，將見君永為總管，家奴之輩，不配沾手命運之恩。珍重，但願與君互易地位，好命而不快者手書。」

青天白日都冇咁明啦，明晒。我要擺架子、讀吓四史，頂撞阿鮑肚皮，斷晒啲下等六親，照住封信做到十足一樣。唔係呃自己，唔係胡思亂想，因為條條道理都指到明：我家小姐愛上咗我，佢最近係讚過我對黃襪，係讚過我交叉縛腿；噉即係擺明鍾意我，仲吩咐我照佢喜歡嘅打扮。我福星高照，真係開心！我要不凡、要擺款、着黃襪、交叉縛腿、仲要坐言起行。多謝天公同埋好命。咦，仲有段附註：

（讀信）「想君必能猜中妾是誰人，如蒙以愛相酬，請以笑示意。郎君笑面最可人，因此請愛郎在妾面前，永以笑面相迎。」

多謝天公，我會笑，你叫我做乜我都肯。

茅下。

吉慶　　　就算波斯王出一千石請我，我都唔肯睇少一場喱齣好戲。

鮑菟鼕　　喱個丫頭咁好計，娶咗佢都制。

尉遲岸汐　我都制。

鮑菟鼕　　仲唔要第啲嫁妝，只求玩多一次嘅樣嘅。

晚霞上。

尉遲岸汐　我都係。

吉慶　　　捉雞能手㗎嘞。

鮑菟鼕　　要唔要我裙下稱臣呀。

尉遲岸汐　仲有我呢？

鮑菟鼕　　要唔要我擲一鋪骰仔，輸咗就為奴為婢呀？

尉遲岸汐　係囉，要唔要我哜呀？

鮑菟鼕　　嘿，你搞到佢發嘅嘅春秋大夢，一旦好夢成空，佢實發癲㗎。

晚霞　　　喂，講真吖，見唔見功啫？

鮑菟鼕　　好似執媽飲咗十二太保咁見功呀。

晚霞　　　嗽呢，如果你哋想睇埋喱場戲點收科，就吼住佢下次見小姐：佢實會着黃襪——即係小姐最憎嘅色水，仲交叉縛腿——即係小姐最討厭嘅款；佢仲會噬起棚牙對住佢笑，小姐喱排居喪憂傷，嗽嘅款最唔啱牙，包保佢自取其辱。想睇嘢就跟住㗎啦。

鮑菟鼇　跟到鬼門關都制，你隻奸鬼吖。

尉遲岸汐　我都跟埋一份。

蕙上。

石蕙蘭　員外新春萬福。

鮑菟鼇　你都嗷話啦郎君。

尉遲岸汐　（蹩腳的官話）冷磚，仙靚詢衰。[郎君，新年順遂]

石蕙蘭　（純正的官話）僕人也祝公子萬事如意。

尉遲岸汐　郎君，你係就最好啦，我亦係你僕人。

鮑菟鼇　你係嚟拜年嗎？如果吹你嚟嗰陣風係向住我表侄女佢嘅話，請你進見喎。

石蕙蘭　在下帆檣，正指令侄呀老爺，我係話小姐正是在下欲登之彼岸。

鮑菟鼇　郎君，請忝辱腿移步啦。

石蕙蘭　員外，賤腿雖從吾所欲而移步，在下都不明尊意如何着吾自「舔」其腿嗻。

鮑菟鼇　郎君，我係話起行，入去。

石蕙蘭　正欲舉步踵門應命，卻為蓮駕出戶所免。

萼與晚霞上。

石蕙蘭　小姐才色雙絕，宜受天灑芳霖。

尉遲岸汐　喱個後生仔好識落嘴頭，「天灑芳淫」——妙。

石蕙蘭　在下之事，只可供小姐懷珠孕玉之耳垂聽。

尉遲岸汐　「芳淫」、「懷孕」、「珠玉」——我學倒晒咯。

萼綠華　　關上園門，待本小姐單獨傾聽。

鮑、尉、晚霞下。

萼綠華　　先生，請議紛——紜。

石蕙蘭　　姑娘在上，請受小生一拜。

萼綠華　　未知閣下高姓大名？

石蕙蘭　　好女主人，奴才賤號石沙鷗呀。

萼綠華　　是我奴才？世人皆因阿諛諂媚而流俗。少年郎分明是賀公部下。

石蕙蘭　　賀公是小姐之奴，其奴亦必屬你。小姐奴才之奴才亦是你奴才呀
　　　　　小姐。

萼綠華　　我對賀公無心；至若賀公之心，縱是對我有意，爭如空無一念。

石蕙蘭　　小姐，在下此來，正要為主公說動你心。

萼綠華　　求你莫再提令主之事。如另有所求，自當如奉綸音，洗耳恭聽。

石蕙蘭　　好小姐——

萼綠華　　請你先聽我講，當日初逢，為君心折，也曾遣人送指環追君。想
　　　　　我如斯冒瀆妾身、妾僕，猶恐更冒瀆於君。以此羞人狡計，強要
　　　　　歸還非君之物，想必遭君白眼。敢問尊意如何？

石蕙蘭　　在下寄予憐憫。

萼綠華　　有道是由憐生愛，只差一步。

石蕙蘭　　非也，絕非一步之差。世情足證，我輩往往憐憫敵人。

萼綠華　　然則我正當破涕為笑矣。世間苦命人也當自傲。有道是弱肉
　　　　　強食，我寧遭虎吻，遠勝狼吻。（鐘聲）寺鐘責怪我虛耗光陰。
　　　　　少年郎休怕：我定不強留，然而逮君才齡壯熟之秋，尊夫人必穫
　　　　　良人以實倉廩，金風送你往西行。

石蕙蘭	既然如此，就此揚帆西指！願小姐德容永駐，小姐果無一語報我主人？
萼綠華	請留步，敢問郎君以為我何等樣人？
石蕙蘭	在下認為你以為之你並不是你，愛非所愛。
萼綠華	若如是則我以為君亦如是。
石蕙蘭	所料不差：我不是我。
萼綠華	但願你是我最望你是之人。
石蕙蘭	是否勝於眼前之我呢小姐？但願如此，事關目前我只是你掌中玩物。
萼綠華	呀，試看他抿唇帶憤，越冷峻、越英俊。
	石沙鷗呀！
	藏屍尚比藏情易，
	夜雨偏如日吐光，(／「夜雨偏如朗日彰」)
	貞節誓歸君鎮節，
	情狂那管你輕狂，
	春心正逐春花發，
	情意安容情理疆，
	莫惜郎情酬妾意，
	郎憐妾勝妾求郎。
石蕙蘭	年少無邪為誓證，
	一心一志在胸膛，
	此心女子難司令，
	斯志郎君自主張，
	卿既無情當返棹，
	主雖有淚不登堂。
萼綠華	尚祈他日來相試，
	轉我冰心動我腸！

二人下。

第 十 一 場

莩府內。

鮑、尉、吉上。

尉遲岸汐　唔得，老實講，我唔可以再留片刻呀。

鮑菀鼙　　理由呢，冤鬼呀，講啦。

吉慶　　　尉遲公子，你一定要講出個理由至得㗎。

尉遲岸汐　仲好講，我睇住你個表侄女對姓賀嘅下人好過晒佢對我。

鮑菀鼙　　佢當住你面前對個後生仔好，係故意激你，喚醒你如在夢中嘅
　　　　　勇氣，等你怒從心上起，惡向膽邊生，你當時應該同佢應對，
　　　　　講返啲新鮮出爐嘅笑話，轟到個後生仔啞口無言。佢等住睇你
　　　　　表現，你就大意失荊州，大好良機輕輕放過。如今小姐將你打
　　　　　咗入冷宮咯，十足蘇武噉喺冰天雪地牧羊啦 —— 除非你做返件
　　　　　智勇雙全嘅嘢嚟贖罪啦。

尉遲岸汐　要做都係做件「勇」嘅咋；我最憎用「智」嘅。

鮑菀鼙　　好吖，一於以勇為基而創業，下戰書約賀公個後生仔比武，揦
　　　　　佢十一個窿。我表侄女自會垂青，話你知吖；世上媒人說合，
　　　　　講男兒英勇，最能打動女人芳心㗎。

吉慶　　　冇第條路㗎嘞公子。

尉遲岸汐　你哋邊位肯替我下戰書去佢吖？

鮑菀鼙　　去啦，以英雄手筆寫之，要夠狠夠短，唔使繡花，只要通順同
　　　　　有新意。以筆墨所能形容痛罵之。去寫啦，用「羊」毛筆，啲
　　　　　墨要夠「狼」毒至得。去啦！

尉遲岸汐　寫完點搵你呀？

鮑菟鞏　　我哋上門找你啦，去啦！

尉下。

吉慶　　　鮑員外，佢真係好聽你使嘑。

鮑菟鞏　　我使咗佢好多咯兄弟，二千幾咯。

吉慶　　　佢封戰書實係可圈可點嘅，不過你唔會幫佢送去喫？

鮑菟鞏　　你以為啦，仲幾大都挑撥到個後生仔答佢嚇。

晚霞上。

鮑菟鞏　　嗥，小麻雀嚟嘞。

晚霞　　　你哋想笑餐飽，笑到腸都攣嘅呢，千祈唔好走開啦。茅福祿隻傻雞走火入魔、中晒邪咯。邊有信道教、信正道嘅人會信啲咁荒謬絕倫嘅嘢喫。佢着住黃襪呀。

鮑菟鞏　　仲交叉縛腿嚟？

晚霞　　　直程恐怖啦，十足道觀啲打齋鶴噉。我擺低嚟呃佢嗰封信，佢照住做到十足，佢笑到塊面打晒褶，啲線仲多過大食國嗰幅天下輿圖。包你見所未見嘅，我好似刺客噉跟蹤住佢，我幾乎忍唔住想揾嘢掟佢呀。小姐實摑佢啫，一摑佢，佢實嘴依依噉笑，當係無上恩寵。匿埋啦！

眾匿藏，晚霞獨留。

萼上。

萼綠華　　我已經差人相請，而佢話咗會嚟；點樣款待佢好呢？用乜嘢信物相贈呢？事關少年郎嘅情心賒不來，借不到，一定要花本錢嚟買。我講得太大聲喇。茅福祿何在？佢莊重有禮，正合侍候我現時情境。茅福祿何在？

51

晚霞	小姐，佢嚟緊喇，不過樣子好古怪，一定係中咗邪喇小姐。
蕚綠華	何以如此？是否胡言亂語？
晚霞	唔係呀小姐，佢一味喺度笑。佢嚟之時，小姐最好搵人護衞，因為此人顯然神經錯亂。
蕚綠華	叫佢入嚟。

晚霞下。

蕚綠華	苦樂若然同是病， 奴家與你一般瘋！

晚霞與茅上。

蕚綠華	茅福祿，你怎麼回事？
茅福祿	好小姐，呵！呵！
蕚綠華	你笑嘛？我有正事找你呀。
茅福祿	「症」呀小姐？我都有「症」，病症個症啫。依啲交叉縛腿，紮到有啲血脈不通；不過冇乜相干吖？只要合某人之眼，在我而言就正如詩句話：「一人歡喜人人喜」。
蕚綠華	斯人也，胡為至此？究竟有何不妥？
茅福祿	我腿上雖黃，但係心中不黑。已經收到，睇過嘞，自當從命。嗰一手簪花妙楷我認得出嘅。
蕚綠華	茅福祿呀，可要上床休息？
茅福祿	上床？好呀心肝，定當奉陪。
蕚綠華	上天庇佑，你何以不停地笑，又自親其手呢？
晚霞	茅總管你點呀？

茅福祿　　你叫我？好啦，黃鶯姑且答烏鴉。

晚霞　　　你竟敢在小姐面前如斯無狀？

茅福祿　　「勿以尊貴為可懼」，寫得好。

晚霞悄悄下。

萼綠華　　茅福祿，你是何意思？

茅福祿　　「有人生而富貴」。

萼綠華　　吓？

茅福祿　　「有人力求而得貴」。

萼綠華　　是何言歟？

茅福祿　　「亦有人富貴迫人來」。

萼綠華　　願天公助你復原！

茅福祿　　「記取誰人曾稱讚君之黃襪」。

萼綠華　　君之黃襪？

茅福祿　　「惟願君永繫交叉縛腿」。

萼綠華　　交叉縛腿？

茅福祿　　「誠然，有志者君事竟成」。

萼綠華　　我事竟成？

茅福祿　　「如若不然，將見君永為總管」。

萼綠華　　唉，簡直中暑瘋狂。

晚霞上。

晚霞　　　小姐，賀帥個少年使君返到嚟嘞，好辛苦至請倒佢回轉，聽候小姐傳見。

萼綠華　　我就去相見。好晚霞，好好照顧呢個傢伙。莞鞏表叔呢？叫幾個人加意看管佢，我寧失一半妝奩，亦不願此人出事。

萼與晚霞下。

茅福祿　　呀哈，聲價不同喇啩？要叫到莞鞏表叔嘅身份嘅人嚟照應我！同封信吻合晒：「對親戚要分庭抗禮，對奴僕要嚴厲。鼓唇舌大談國家大事，氣概要不凡」，跟住寫明晒要點擺款，好似，板起塊面、行路要穩重、講嘢要慢、大人先生嘅嘅打扮等等。我捉倒佢嘞，不過係天助我，感謝上天。佢正話臨走嗰陣仲話：「好好照顧喱個傢伙。」「傢伙」呀，唔係「茅福祿」或者照我嘅職位嚟叫呀，係「傢伙」。呀，一切都符合晒，冇一絲一毫嘅疑問、冇啲阻滯、冇啲唔妥——仲有乜好講？冇嘢阻得住我嘅希望全盤實現。不過嘅：謀事在人，成事在天，應該多謝天公嘅。

鮑、吉現身，晚霞上。

吉慶　　　大人你點呀？

鮑莞鞏　　老兄你點呀？

茅福祿　　走開，我唔睬你，我要清靜一下，退下。

晚霞　　　睇吓，係上咗佢身嗰隻鬼講嘢呀！鮑員外，我都話係小姐叫你睇住佢嘅咯。

茅福祿　　呀哈，佢真係噉吩咐？

鮑莞鞏　　好嘞好嘞，咪嘈咪嘈；我哋要待之以禮。等我出馬啦。茅福祿，你好嗎？覺得點呀？喂，老兄，鬼上身呀？你記住：人同鬼勢不兩立㗎。

茅福祿　你知唔知自己講緊乜㗎？

晚霞　你睇。一講哀隻鬼啫，佢就反晒面嘞。上天保佑佢唔好俾鬼迷呀。

茅福祿　你講乜嘢呀？

晚霞　菩薩呀！

鮑菟鞏　唔該你收聲啦，喱槓唔得嘅，你睇你激到佢幾嬲？等我嚟啦。

吉慶　一定要用軟功、軟軟嘅。隻鬼咁惡，同佢講惡唔得嘅。

鮑菟鞏　喂，點呀，「喔喔」？邊度唔妥呀雞公仔？

茅福祿　先生。

鮑菟鞏　嗨，啄地，跟我嚟吖。喂，老兄，咁大個人咪同閻羅王玩泥沙得嘞。吊死佢個黑炭頭！

晚霞　捉佢唸吓金剛經啦；員外呀，捉佢唸經啦。

茅福祿　我唸經？淫婦！

晚霞　唔掂，包你唔掂，佢忠言逆耳。

茅福祿　你哋全部去上吊啦！你班淺薄無聊嘅東西，我唔同你哋流。遲啲你就知。

茅下。

鮑菟鞏　噉都有嘅？

吉慶　如果係戲棚做戲呢，我就話不合情理嘞。

鮑菟鞏　老兄，佢天性最啱中正喱條計。

晚霞　快啲追住佢啦，條計一穿就臭晒㗎喇。

吉慶　嘩，真係會整癲佢嘅噃。

晚霞　　　間屋咪清靜啲囉。

鮑莧聱　　嗱啦，我哋綁起佢喺地牢，我表侄女都信晒佢係癲嘅咯。
　　　　　一於玩到盡，罰吓嚟開心，等我哋玩到飽、笑到咳，先至
　　　　　大發慈悲；將條計玩到去衙門，衙門仲打賞你捉倒癲佬喺。
　　　　　咦，睇吓。

尉上。

吉慶　　　新春真係熱鬧嘞。

尉遲岸汐　戰書吖嗱，睇啦。包保夠薑夠醋呀。

吉慶　　　咁巴辣呀？

尉遲岸汐　保證係呀，你睇吓就知。

鮑莧聱　　俾我。（讀信）「小子小鑒：不論你是誰人，你是個衰人。」

吉慶　　　好，夠膽。

鮑莧聱　　（讀）「不必驚詫我何以如此稱呼你，我絕不會把理由相告。」

吉慶　　　妙着：噉就告你唔入嘞。

鮑莧聱　　（讀）「你來見尊綠華小姐，她當着我面，好好待你。然而你滿
　　　　　口胡言；此並非我向你約戰之因。」

吉慶　　　精簡，易明——至奇。

鮑莧聱　　（讀）「我會攔途截擊你；若你僥倖殺我——」

吉慶　　　好呀。

鮑莧聱　　（讀）「你便是惡棍小人一般殺我。」

吉慶　　　打官司仲係你贏面高，好。

鮑莧聱　　（讀）「保重，上天保佑你我二人之一。我福大命大，多數會得
　　　　　天佑，請你自己提防。草此。你之友好、又、因你虐待而成你
　　　　　死敵者，尉遲岸汐手書。」如果喱封信都打動唔倒佢，佢對腳
　　　　　都唔會郁嘅啦，我去送信。

晚霞	你有個好機會，佢正在同我家小姐打緊交道，遲啲就會走。
鮑菟鼕	去啦岸汐兄，去花園轉角度，一個衞差嘅企度吼住佢出嚟，一見佢就拔劍，一路拔劍一路大聲喝罵；因為一聲大喝，好似張飛喝斷長坂橋嘅，周時仲威過出真功夫㗎，去啦！
尉遲岸汐	得，鬧人我最叻。

尉下。

鮑菟鼕	信我就唔送嘞。我要用口頭挑戰，講到尉遲公子威名遠播，呃到嗰位仁兄 —— 啲嘅嘅細路實受呃嘅 —— 信晒佢勇猛剛烈。搞到佢兩個好似鬥雞嗽，一見面已經嚇死咗。
吉慶	佢同你表侄女嚟緊喇，迴避一時，等佢告辭再追上佢。
鮑菟鼕	我乘機諗定篇嚇人嘅挑戰詞。

眾下。

萼與蕙上。

萼綠華	郎君，請收起此香囊，內有我丹青小像。莫要推辭，此物無言煩你，請君明日再來，如有何所求，但教無損我名節，盡皆答允。
石蕙蘭	但求一事：求你以真情交付我主人。
萼綠華	我既已交付予你，又安能再交付予他而不損名節呢？
石蕙蘭	在下奉還。
萼綠華	唉！ 明日重臨今暫別， 心魔似你正勾魂。

萼下。

鮑上。

鮑菀鼙　　先生，新春如意。

石蕙蘭　　托福。

鮑菀鼙　　你有乜防身本領，好預備喇。你點樣對佢唔住我就唔知，不過喺花園嗰頭埋伏等緊你嗰位呢，就滿面殺氣，仇恨滿腔。快啲拔劍出鞘，擺好架式，事關你個對手又敏捷，又武藝高強，仲殺人唔眨眼㗎。

石蕙蘭　　員外差矣，我自知與人無忤，問心無愧，從來未開罪他人。

鮑菀鼙　　包你估錯嘞。你要命嘅就及早防備，事關你對手年青力壯，劍術高明又火氣大。

石蕙蘭　　請問員外，究是何人呢？

鮑菀鼙　　係位公子，書香門第，雖然未經戰陣，卻是私鬥之中嘅魔星，已經送過三人上西天；而且現時怒氣難消，除非殺人見血，不肯罷休。佢口頭禪係，「唔係你死，就係我亡」。

尉遲岸汐　「唔係你死，就係我亡」。

石蕙蘭　　待我回進府中，求小姐差人護送，在下並非好鬥之人，聞說有等人專門尋釁以示其勇，此人莫非正是斯類。

鮑菀鼙　　非也，郎君，佢有充分理由見怒於你，所以你必須應戰。不准你進府，除非你先同我交手。都係上吧啦，立時亮劍過招，你左右都係要打嘅嘞，否則就不配掛劍。

石蕙蘭　　此事奇突無禮，求你代我問問該位公子：我何事得罪，想必是我疏忽，絕非有意。

鮑菀鼙　　辦得到。

鮑下，帶尉復上。

鮑菀鼙　　嘩，老兄，簡直係混世魔王，我都未見過咁惡嘅哪吒。我同佢連劍帶鞘較量咗一招，佢使出一招攞命嘅「白蛇吐信」，簡直無從招架。佢一還手，直程好似你腳踏實地咁萬無一失。聽講佢做過大食王御前劍客㗎。

尉遲岸汐　死嘞，我唔同佢玩嘞。

鮑菟聱　但係佢下唔倒啖氣弊呢。

尉遲岸汐　真係該死，早知佢咁勇猛，又劍術高明，我就死都唔向佢挑戰啦，叫佢放我一馬，我寧願奉送佢一匹馬，我隻灰色「的盧」。

鮑菟聱　我去斟吓啦，你企响度，扮個威風嘅款，喱件事唔使死人至了結嘅。（自語）我騎埋你隻馬好似騎你一樣啫。（走向蕙）

　　　　　冇得補救呀先生，佢發過誓一定要同你交手。不過，佢再諗清楚今次嘅爭端，不外微不足道。故此你都係要拔劍嚟實踐佢嘅誓言，不過佢聲明唔會傷你嗰。

石蕙蘭　（自語）神明庇護！小小事情就會揭穿我比男子漢大丈夫相差多少！

鮑菟聱　你見佢來勢太兇就退讓啦。（走向尉）

　　　　　嚟啦岸汐兄，無可挽回咯，嗰位先生話名譽攸關，要同你鬥一個回合；因為佢一拔劍就不能輕易收劍嗰，但係佢答應我，身為堂堂男子兼劍客，佢保證唔會傷你，上啦，出手啦。

尉遲岸汐　上天保佑佢守諾言呀。（拔劍）

石蕙蘭　我聲明此事絕非本意。（拔劍）

鮑菟聱　吥！（拔劍）

蕙、尉舞劍。

況上。

況東洋　請收劍，若然嗰位少年公子有所得罪，由我擔當。若是你等得罪於他，我代為回敬。

鮑菟聱　你呀？閣下何人？

況東洋　（拔劍）我嘛，先生，甘願為友情兩脇插刀，講得出做得到。

鮑莵鼙　　好，你既然好理閒事，我嚟奉陪。（拔劍）

鮑、況舞劍。

將佐甲、乙上。

尉遲岸汐　鮑員外呀，快啲停手，有軍爺到呀。

鮑莵鼙　　等陣至同你算帳。

石蕙蘭　　（向尉）公子請收劍。

尉遲岸汐　好，收劍，郎君，至於我應承你嘅，決不食言，佢好好騎㗎，
　　　　　又馴又聽話。

將佐甲　　正是此人，執行軍令啦。

將佐乙　　況東洋，奉賀省盧節度使之令逮捕你。

況東洋　　長官你搞錯喇。

將佐甲　　冇錯嘅先生，一啲都冇錯，雖然你現時未戴水師頭盔，惟是我
　　　　　熟識你相貌，帶走，佢心知我認得佢。

況東洋　　我惟有從命。（向蕙）一場禍事，只為前來找你，無可挽回，
　　　　　惟有公堂受審。我現時困境，迫得向你討回錢囊，君將何之？
　　　　　我苦於不能助你，有甚於身受之災。你何以愕然？尚請放心。

將佐乙　　行啦先生，走啦。

況東洋　　我必須問你取回部份銀兩。

石蕙蘭　　甚麼銀兩呀先生？你既曾好意相助，更感你眼前有難，我雖然
　　　　　阮囊羞澀，亦願盡微薄相借。手頭所有，與你平分。請取去我此
　　　　　處一半家私。

況東洋　　你莫欺我有難而落井下石，否則迫虎跳牆，我要盡數對你嘅
　　　　　恩義，把你責難。

石蕙蘭　　我不知你對我有何恩義，亦未識你嘅音容。

況東洋　　天理難容呀！

將佐乙　　好喇先生，走吧啦。

況東洋　　我要講多一句，諸君請看此少年人，得我從半死之中救出，以
　　　　　善心救濟，更見佢一表人才而傾心敬慕。

將佐甲　　噉又與我何干呢？時光不早，帶走。

況東洋　　然而仙人之姿，竟隱藏兇魔羅剎！石芭亭！
　　　　　枉你相貌堂堂！
　　　　　人貴心無垢，
　　　　　忘恩是疾殘，
　　　　　有容而缺德；
　　　　　禽獸枉衣冠！

將佐甲　　此人漸入瘋狂；帶下！

將佐押況下。

石蕙蘭　　義正辭嚴來指證，
　　　　　我心疑慮未能平。
　　　　　惟求夢想成真實：
　　　　　錯認奴家是我兄！

鮑苑聲　　嚟啦公子。我哋都吟返兩句至理名言。

石蕙蘭　　我哥哥與我一般相貌，我更刻意模仿佢嘅衣着、服飾。
　　　　　聞君提起石芭亭，
　　　　　對鏡如今尚見兄，
　　　　　若是吾兄真在世，
　　　　　無情怒海本多情！

蕙下。

鮑菟鼙　　好一個無信無義嘅小子，又膽小如鼠，佢坐視朋友危急而不肯
　　　　　相認，可見佢無信無義。至於膽小如鼠呢，你自己見倒啦！

尉遲岸汐　衰人，我追上去打佢一身。

鮑菟鼙　　去，好好地打餐飽嘅，不過唔好出劍。

尉遲岸汐　若果我唔——

石上。

尉遲岸汐　哈，郎君，送你一下。(擊石)

石芭亭　　吓？我送你一下、再一下、再一下！(擊尉)

鮑菟鼙　　停手，先生，否則我將你把劍掟過間屋。(拉住石)

尉遲岸汐　唔使，由得佢啦。我出第二槓嚟對付佢，如果廣州仲有王法嘅
　　　　　話，我實告得入佢毆打傷人。雖然係我郁手先，都係噉話。

石芭亭　　放手。

鮑菟鼙　　就噉算數啦先生，我唔放得手喋。好喇小將軍，收起你把劍啦；
　　　　　你都火遮眼咯，嚟啦。

石芭亭　　放開我。(掙脫)你意欲何為？再敢惹我，請亮劍。

鮑菟鼙　　乜話、乜話？好吖，等我攞返你一兩升無禮血！

鮑、尉、石舞劍。

萼上。

萼綠華　　停手，菟鼙叔！快快停手！

鮑菟鼙　　老表。

萼綠華　　死性不改？無禮之徒，只適宜住在荒山野穴，未經王化之地！
　　　　　退下！石沙鷗，請勿見怪。老糊塗退下。

鮑與尉下。

萼綠華　　先生乃大雅君子，對此無禮無狀驚擾，尚請以智制情，請隨我
　　　　　回府，容我相告此莽人曾經做出幾許荒唐之事，想君定會一笑
　　　　　置之。請君千萬隨我來，萬勿推托。
　　　　　為奴痛罵他相擾，
　　　　　驚動君心即我心。

石芭亭　　河水西流抑向東？
　　　　　奇逢是夢或癡瘋。
　　　　　奈何橋下埋情意，
　　　　　惟願長留綺夢中！

萼綠華　　求你相隨——隨我意！

石芭亭　　姑娘、遵命——

萼綠華　　——莫相欺！

二人下。

第 十 二 場

葶府地窖門外。

晚霞與吉上。

晚霞　　　嗱，唔該你着起件道袍，攞返把劍，要佢信晒你係張天師；
　　　　　快手啲。

鮑上。

鮑菟鼕　　三清保佑你呀張天師。

晚霞　　　嗮！

吉慶　　　急急如律令、勅 —— 你呀，鮑員外。

鮑菟鼕　　去「勅」佢啦，天師。

晚霞　　　嗮！

吉慶　　　（咳嗽）哼喊！清淨法水，日月華蓋，中藏北斗，內有三胎，
　　　　　監牢洗淨；濁去清來！

鮑菟鼕　　個傻仔扮得好鬼似；叻傻仔。

茅福祿　　（自內場）邊個喺外便大叫？

吉慶　　　龍虎山正一真人張天師，奉邀來見失心瘋子茅福祿。

茅福祿　　張天師、張天師，求張天師去搵我家小姐。

吉慶　　　纏身冤鬼，出來！睇你折磨到此人！一味識搵小姐？

鮑菟鼕　　天師真人講得好。

茅福祿　張天師，千古奇冤呀，求求張天師，咪信小人係瘋狂呀，佢哋將我困喺咁暗無天日嘅黑牢。

吉慶　吓，你話間房好黑？

茅福祿　地府一樣呀張天師。我再講一次我身遭千古奇冤，我一啲都唔癲得過你，你試吓我就知㗎嘞。

吉慶　我問你：鳩摩羅什對山雞係點睇法？

茅福祿　佛家？係話我哋祖宗太婆嘅魂魄可能輪迴投胎做隻飛禽。

吉慶　你對喱種睇法又點睇法？

茅福祿　小人敬鬼魂而遠之，對喱種講法絕不贊同。

吉慶　噉就早啲嘞，你長居黑暗之中啦，到你贊同鳩摩羅什嘅講法我就話你腦筋清醒嘞。仲要唔好劏山雞呀，驚住搞到你太婆個魂魄無處棲身呀。請呀。

茅福祿　張天師，張天師！

鮑菟鼙　好一個張天師！

吉慶　我做乜似乜㗎。

晚霞　早知你唔使着袍帶劍都得呀，佢都見唔倒你。

鮑菟鼙　再用返你自己把聲同佢講吓，然後話我知佢點樣。

晚霞　(向鮑)喱場戲都係快啲收場好嘞。最好有機會放返佢出嚟，事關我而家噉已經獲罪於小姐非輕嘅喇，再玩落去我哋會冇命㗎。

吉慶　(唱)元宵佳節鬧花燈。

茅福祿　傻仔。

吉慶　茅總管呀？

茅福祿　係呀，傻仔大哥。

吉慶	哎吔，大爺，點解你會搞到癲咗㗎？
茅福祿	傻仔，我嘅冤情真係千古未有㗎，我嘅頭腦同你一樣咁清醒。
吉慶	一樣咋？嗽你就真係癲咯，你嘅頭腦同傻仔一樣咋？
茅福祿	佢哋好似困畜牲噉困住我，鎖喺黑牢，又揾張天師嚟治我 —— 死牛鼻子，佢哋用盡方法迫到我癲。
吉慶	小心講嘢呀，張天師仲喺度 —— 茅福祿，茅福祿，玄天上帝保佑你神智恢復，你設法安眠啦，少講啲嘰哩咕嚕嘅廢話。
茅福祿	張天師。
吉慶	「好小子，唔好同佢講話。」—— 邊個話？我呀天師？ 我唔會㗎真人，上天保佑你呀張天師。—— 好啦，無災無咎，永保安寧 —— 一定遵命，天師，一定遵命。
茅福祿	傻仔，傻仔，傻仔，聽我講呀！
吉慶	哎吔大爺，你話點啦大爺？我同你講句嘢都俾人鬧咯。
茅福祿	傻仔好人，我話你知：我同廣州城任何一個人一樣噉，人不癲、腦不亂。
吉慶	你老實同我講吖，你係唔係真癲咋？抑或係詐癲納福呀？
茅福祿	我冇癲到，你信我吖，冇呃你嘅。
吉慶	（唱）上身冤鬼怎可驅？ 走開一陣上返身咯實受罪 學吓法師舞動木劍高聲唱： 走啦鬼爸爸！請收手修甲吧！

萼與晚霞上。

萼綠華	這就是瘋人所在嘛？茅福祿，你現下如何呢？
茅福祿	小姐，你對我唔住，非常之對我唔住。

萼綠華　　我？茅福祿，絕無其事。

茅福祿　　你有呀小姐，請你細讀此信；豈能否認是你手筆？你可能寫出
　　　　　別種筆跡、別種句語？可能否認是你印章、是你主意？你既
　　　　　不能否認，就請你自重身份，坦言相告：你何以向我明顯示愛
　　　　　在先──教我帶笑兼交叉縛腿相迎，並且穿黃襪，橫眉冷對鮑
　　　　　員外與各下人，等我一心以為鴻鵠將至，遵命而行之時，你又
　　　　　何以囚禁我在後？鎖入黑牢，遣張天師來訪，愚弄我成為天下
　　　　　第一大傻瓜大笨蛋？你是何居心？

萼綠華　　茅福祿，此信並非我之手筆，縱使我亦承認酷肖我筆跡；然而
　　　　　實屬晚霞手書，則毫無疑問。我現時回想：就係佢首先報道你
　　　　　已瘋癲，隨即見你笑面而來，照足信中吩咐裝扮行事。尚請放
　　　　　心，你雖罹奸計所愚，待我查明誰人主使，所因何事，定必交
　　　　　由你自行處斷。

晚霞　　　小姐萬安，待奴婢稟告，莫因吵鬧紛爭，有損元宵佳節雅興，
　　　　　奴婢趁此良機，從實招供：正是奴婢與菀蘷老爺佢定計捉弄
　　　　　茅福祿，事關佢頑固無禮，我哋蓄意報復。假信是奴婢手寫，
　　　　　事關菀蘷老爺佢大力慫恿。為酬我勞，老爺經已納我為妾。
　　　　　後來情節，雖然謔而近虐，亦屬可博一笑，多於惡意報仇，
　　　　　佢做初一、我做十五，應該兩下相抵啦。

萼綠華　　唉，可憐傻子，遭人害苦矣！

吉慶　　　呢，「有人生而富貴，有人力求而得貴，亦有富貴迫人來」。
　　　　　大爺，喱齣折子戲裡頭，我亦有份，扮演張天師，不過冇相干
　　　　　啦。「聽我講呀，傻仔，我冇癲到！」你記唔記得：「小姐，
　　　　　你何以為此無聊奴才而發笑？若果你唔笑，佢就啞口無言。」
　　　　　風水輪流轉，現眼報囉。

茅福祿　　你哋成班聽住，我實會報仇嘅！

萼綠華　　佢真係受盡折磨咯。

眾人下。

吉慶　　（唱）叫一聲：死速來！
　　　　　　　來逐我，此生速走開。
　　　　　　　速為我把棺蓋。
　　　　　　　人被愛害。
　　　　　　　我今瞑目長逝，
　　　　　　　速為吾靈預備壽衣，
　　　　　　　自願殉愛！
　　　　　　　只因她辜負吾愛！

　　　　　　　半朵花，休瀟下。
　　　　　　　靈柩裡，舊友莫為我
　　　　　　　珠淚向棺中灑。
　　　　　　　留着也罷！
　　　　　　　有千行淚留待，
　　　　　　　他日情人欲覓塚墓，
　　　　　　　找不得也。
　　　　　　　只得君泣墓前也！

第 十 三 場

萼府門前，月宵之夕。

鮑、晚霞與吉上。

賀與蕙上。

賀省盧　　兩位可是萼綠華小姐家人？

晚霞　　　係呀大人，我哋都係俾佢使嘅。

賀省盧　　麻煩請代通傳，傻瓜你好。近況如何？

吉慶　　　哦，大人，仇人就令我變好，朋友就令我變壞咗。

賀省盧　　剛剛相反：朋友令你變好。

吉慶　　　非也，大人，變壞呀。

吉唱曲。

賀省盧　　何解呢？

吉慶　　　呢，大人，佢哋讚我，我就成為蠢豬，之我啲仇人就坦白話我
　　　　　係蠢豬；所以啫大人，仇人利我以自知之明，朋友則欺騙我，
　　　　　因此正如二人相吻，四唇相接，你將四個負等於兩個正嘅話，
　　　　　朋友令我壞、仇人令我好囉。

賀省盧　　講得妙呀。

吉慶　　　又讚我？噉就不妙啦，雖然你想做我友人。

賀省盧　　我定不會令你變壞，賞你一錠金。

吉慶	好事成雙嘵大人，俾多錠吖。
賀省廬	你教壞人。
吉慶	請大人探手錢囊，任你血肉皮囊學壞啦。
賀省廬	好，我再犯，又一錠。
吉慶	(官話)「一、二、三」好好玩。古語有云：「舉一反三」，陽關三疊係好曲；五仙祠嘅鐘聲都會提醒大人：噹、噹、噹三下。
賀省廬	你騙金之計，可再不可三。若能請得你家小姐出堂相見，或能再醒我慷慨施捨之心。
吉慶	好，請大人先將慷慨之心暗瞓，待我覆命。不過咪以為我求金即是貪心。而係大人所謂慷慨之心不宜長眠，待我馬上叫醒佢。

吉下。

將佐押況上。

石蕙蘭	主公，正是此人替我解圍。
賀省廬	本藩熟悉其貌。既與本藩結下血海深仇，因何犯險而落入我手？
況東洋	我遭魔星引來此處：正是你身邊負義小子，枉我救佢於怒海狂潮，佢得以死裡逃生，復為友情之故，孤身犯險蹈此危地。更於重圍之下，拔刀相助；然而我一旦就捕，彼無意患難同當，詐偽反顏，視如陌路。
石蕙蘭	那有此事？
賀省廬	你所說之人何時抵步？
況東洋	新春之後，過去三旬，我兩人日夜相偕，並無間斷。

萼上。

賀省盧　哦，女員外來到，如今碧落步紅塵。至於你嘛，大膽犯人，一派胡言，此少年追隨本藩，已有三旬。然而此事暫且按下。左右，帶往一旁。

蓴綠華　大人枉駕寒門，未知有何指示？除咗有一件事決難從命之外，蓴綠華定當效勞。石沙鷗，你對奴失信。

石蕙蘭　姑娘！

賀省盧　蓴小姐！

蓴綠華　石郎，你有何話説？──大人請准──

石蕙蘭　我家主人有事奉商；在下不能僭份發言。

蓴綠華　大人若是舊調重彈，恕奴家厭聽，正如賞罷琴音，難耐鴉噪。

賀省盧　仍是一般忍心？

蓴綠華　仍是一般堅定呀大人。

賀省盧　以至冥頑不靈？無禮姑娘，在你無情無義壇前，本藩也曾獻上心香、吐露忠貞心意。你尚要本藩如何？

蓴綠華　但憑尊意自行定奪。

賀省盧　本藩若能心狠，效那天竺婆羅蠻臨死之時，先殺所愛之人殉葬，又有何不可？蠻人妒意，有時更顯豪情。然而請聽斯言，你既漠視愚誠，本藩亦知你心中，另有其人先入為主，就由得你長作冷艷無情暴君。然而你心上斯人，本藩亦可指誓青天，曾對其寵愛有加，我既知你傾心相愛，定要將他從你眼中挖去，免得他長獲青睞，益增其主之憤。
　　　　小子隨本藩回府，
　　　　本藩心生毒計：
　　　　心愛羔羊成饗祭，
　　　　折磨彩鳳愛鴉心。

石蕙蘭　不辭萬死酬吾主，
　　　　樂意追隨返上林。

萼綠華　　石郎何往？

石蕙蘭　　追隨所愛之人而往：
　　　　　愛主多於愛此生，
　　　　　多多多過愛妻荊。
　　　　　斯言若偽天為證，
　　　　　甘受天誅誓至誠！

萼綠華　　唉，負心人，如此相欺！

石蕙蘭　　誰人相欺？誰人負心？

萼綠華　　曾幾何時？君竟忘遺恩義？小女子跪求月老顯靈！

賀省廬　　（向蕙）隨本藩回府！

萼綠華　　大人留步！石沙鷗、夫君、休走！

賀省廬　　夫君？

萼綠華　　正是奴夫，豈容他否認？

賀省廬　　小子，你真是其夫？

石蕙蘭　　非也，主公，絕無其事。

萼綠華　　郎君定是因懦怯而隱瞞身份，石郎，請勿驚懼，挺身承認，
　　　　　自能正視你所怕之人，分庭抗禮而無畏。

月下老人上。

萼綠華　　哦，月下老人果真顯靈，小女子跪請月老證明：我倆適才私訂
　　　　　終身，原擬保守秘密，現下為勢所迫，雖然時機未到，尚請
　　　　　月老當眾宣佈我與此少年之事。

月下老人　你倆人適才在月老祠中，定下白頭之約。雙雙攜手，交拜天地，
　　　　　互換信物，求我為媒證，成就我姻緣冊上早註之盟。你倆成禮到
　　　　　如今，不過兩個時辰光景。

月老下。

賀省盧　呸，小畜牲詐偽騙人，待你羽翼長成之時，不知其可也！
　　　　你既早生狐狡詐，
　　　　終罹惡報自招亡。
　　　　速攜妻子離吾境，
　　　　你我從今參與商！

石蕙蘭　主公，我指天為誓。

蕚綠華　君毋枉誓將神瀆，
　　　　大懼猶存一點誠！

石上。

石芭亭　娘子何以瞠目相看？定是怪罪於我。請娘子看在我倆剛才盟誓份上，幸勿見怪。

賀省盧　同一相貌，同一語音，同一服飾，卻是兩人 —— 宛如鏡中形影，似幻似真。

況東洋　你係……

石芭亭　東洋兄，哦，東洋吾兄，多時不曾見面，愚弟牽掛殊深！

況東洋　你係石芭亭？

石芭亭　東洋兄何可相疑？

況東洋　何以你分身有術，縱使將梨子剖成兩半，亦未有你兩人相似。邊一個至係石芭亭呀？

蕚綠華　絕頂神奇呀！

石芭亭　莫非是我立在彼方？我既無兄弟，亦未有無所不在之神力。雖然曾有一妹，亦已遭波臣召去。請你好心相告：你可是我親族？何方人氏？何姓何名？何家子弟？

石蕙蘭	我祖籍潮州，先父石灞川，長兄石芭亭當日葬身怒海之時，與你一般服飾，你莫非是鬼魂扮成死者一般容貌衣着，存心相嚇而來？
石芭亭	我確是一縷孤魂，然而自出娘胎，已寄寓在喱一副皮囊，你若是女兒身，我定必淚灑你腮邊，大叫：「我已遭沒頂嘅蕙蘭胞妹，何幸重逢！」
石蕙蘭	先父前額有一粒痣。
石芭亭	吾父亦然。
石蕙蘭	父親棄世之日，正是蕙蘭賤降十三歲之辰。
石芭亭	呀，此情此景，銘記心間，家嚴確是在親妹十三歲生辰之日撒手塵寰。
石蕙蘭	若是惟獨喱一身僭妄男裝，阻礙團圓，就請你等待一切時地、情況遭遇，盡皆吻合之時，再行相認。我要帶你到城中找一位船家，我嘅女兒衣物，正由佢保管。全靠佢好心相救，我得以保命，投靠喱位國公，之後一直周旋於主公與喱位小姐之間。
石芭亭	（向萼）小姐原來陰差陽錯；這都是天意安排，你與一位女子錯訂盟誓；然而我願以性命擔保，你未曾受騙，本來錯愛一女，終歸嫁得一男。
賀省盧	小姐不須驚疑，此人出身高門，若然事實果然如此，鏡花水月也成真的話，這番沉船，倒算帶來大喜，本藩亦可沾光。（向蕙）小哥兒，你曾經千番言道：決不會對世間女子，有如愛本藩之深。
石蕙蘭	我願意再三發誓，將誓言堅守在心中。正如那區分晝夜嘅蒼穹，長抱着一輪烈日。
賀省盧	執子之手，與爾偕老，帶本藩去，一看你女兒衣物。本藩現在將你免職，為體念你弱質纖纖，嬌生慣養，仍能屈身事主勤勞，你既然久已喚本藩為主公，本藩現今執子之手，從今之後，你是你家主人之主婦。

萼綠華　　驟成姑嫂，惟有與你姊妹相稱啦。

賀省廬　　賢妹，今夕元宵佳節，就留在你府中，一家共慶團圓。鬆綁！
　　　　　石沙鷗——你一日尚作男子衣裝，本藩仍是這般叫喚你。待爾
　　　　　改裝成吾婦，賀公長拜石榴裙！

眾下，吉獨留。

吉慶　　　（唱）當我婚後有妻子，
　　　　　　　　唏噓風猛吹，又每天落雨。
　　　　　　　　只識得靠吹，認夠威實係水。
　　　　　　　　不必唏噓，
　　　　　　　　每日每朝天天降下
　　　　　　　　沙啦啦啦的雨水。

　　　　　　　　當我狷入被窩堆，
　　　　　　　　唏噓風猛吹，又每天落雨。
　　　　　　　　鴛鴦並頭睡，共對一樣醉。
　　　　　　　　不必唏噓，
　　　　　　　　每日每朝天天降下
　　　　　　　　沙啦啦啦的雨水。
　　　　　　　　當遠古萬世開始，
　　　　　　　　唏噓風猛吹，又每天落雨。
　　　　　　　　今古亦無異，做晒喱部戲。
　　　　　　　　不必唏噓，
　　　　　　　　每日每朝公演戲劇
　　　　　　　　嘻嘻哈哈討觀眾喜。

劇終

陳鈞潤 (1949-2019)

陳鈞潤，香港出生，是著名的戲劇翻譯家、編劇、作家及填詞人。自上世紀七十年代起翻譯歌劇中文字幕多達五十多部，至八十年代中更開始為香港劇場翻譯舞台作品超過五十部，其中不少是廣受歡迎且多次重演的經典名作。

陳鈞潤六十年代於皇仁書院畢業後，考獲獎學金入讀香港大學，主修英文與比較文學。曾任香港大學副教務長、中英劇團董事局主席、香港電台第四台《歌劇世界》節目主持及康樂及文化事務署戲劇及歌劇顧問。陳鈞潤文字修養極高，他翻譯的作品，人物語言極具特色，而最為人津津樂道的，是他把舞台名著改編成香港背景下的故事。他善用香港老式地道方言俚語，把劇本無痕地移植育長，其作品是研究香港戲劇和語言文化的珍貴寶藏。

學貫中西的陳鈞潤以其幽默鬼馬卻又不失古樸典雅之翻譯風格而聞名。他以香港身份為本，將西方劇作本地化及口語化。多年來其作品享譽盛名，當中包括改編自莎士比亞的浪漫喜劇《元宵》、法國愛情悲劇《美人如玉劍如虹》、美國黑色音樂喜劇《花樣獠牙》、《相約星期二》、《泰特斯》等不朽經典。

陳鈞潤多年來於戲劇界的表現屢獲殊榮，包括：1990年獲香港藝術家聯盟頒發「劇作家年獎」；1997年獲香港作曲家及作詞家協會「本地原創正統音樂最廣泛演出獎」；1998年其散文集《殖民歲月 —— 陳鈞潤的城市記事簿》獲第五屆「香港中文文學雙年獎」；2004年以「推動藝術文化活動表現傑出人士」獲民政事務局頒發「嘉許狀」；及獲香港特別行政區頒授榮譽勳章。除此，陳鈞潤一直在報章撰寫劇評，為香港劇場留下大量的資料素材，貢獻良多。

陳鈞潤翻譯劇本選集——《元宵》

原著
Twelfth Night by William Shakespeare

翻譯及改編
陳鈞潤

策劃及主編
潘璧雲

行政及編輯小組
陳國慧、江祈穎、郭嘉棋*、楊寶霖

校對
郭嘉棋*、江祈穎、楊寶霖

聯合出版
璧雲天文化、中英劇團有限公司、
國際演藝評論家協會（香港分會）有限公司

璧雲天文化
inquiry@pwtculture.com
www.priscillapoon.wixsite.com/pwtculture

中英劇團有限公司
電話（852）3961 9800　傳真（852）2537 1803
info@chungying.com　www.chungying.com

國際演藝評論家協會（香港分會）有限公司
電話（852）2974 0542　傳真（852）2974 0592
iatc@iatc.com.hk　www.iatc.com.hk

鳴謝
陳雋騫先生及其家人

封面設計及排版
Amazing Angle Design Consultants Limited

印刷
Suncolor Printing Co. Ltd.

發行
一代匯集

2022年2月於香港初版

國際書號
978-988-74320-8-1

售價
港幣300元（一套七冊）

Printed in Hong Kong

資助 Supported by

中英劇團由香港特別行政區政府資助。Chung Ying Theatre Company is financially supported by the Government of the Hong Kong Special Administrative Region.

國際演藝評論家協會（香港分會）為藝發局資助團體。IATC(HK) is financially supported by the HKADC.

香港藝術發展局全力支持藝術表達自由，本計劃內容並不反映本局意見。Hong Kong Arts Development Council fully supports freedom of artistic expression. The views and opinions expressed in this project do not represent the stand of the Council.

* 藝術製作人員實習計劃由香港藝術發展局資助。The Arts Production Internship Scheme is supported by the Hong Kong Arts Development Council.